L'HOMME

QUI PLEURE

SAINTE-PARESSE

PRIX : 20 CENTIMES

PARIS

ENCE DES JOURNAUX

F. ROY ET COMPAGNIE

13, RUE DU CROISSANT, 13

—

1869

L'HOMME QUI PLEURE

PAR

SAINTE-PARESSE

PRIX : 20 CENTIMES.

PARIS

AGENCE DES JOURNAUX

F. ROY ET COMPAGNIE

13, RUE DU CROISSANT, 13

1869

Paris. — Imprimerie Vallée, rue du Croissant, 16.

L'HOMME QUI PLEURE

I

BOVIS

Entre Bovis et Femina il y avait quelque chose comme de l'amour. Bovis était un homme, Femina était une pie. Ils vivaient ensemble dans une sorte de *faux ménage*. C'était l'homme qui avait choisi le nom de l'oiseau, et l'on voit que ce choix n'était pas dénué d'esprit. C'était aussi lui qui s'était appliqué le sobriquet de Bovis, car de son véritable nom il s'appelait M. de l'Enclume.

Pourquoi Bovis?

Est-ce que vous ne devinez pas, lecteur sagace?... Non?... Eh! bien, c'est par la raison qui faisait que Mme de l'Enclume, née Zélie du Marteau, eût mérité très-bien, elle, le sobriquet de *Vacca*.

Et non-seulement Mme de l'Enclume, mais toutes les femmes que M. de l'Enclume, homme d'ailleurs fort gros, avait écrasées de son amour, depuis qu'il était sorti du collége !

C'est ainsi que *vitellé* ou rendu veau, à l'âge de dix-neuf ans, par une lingère de la rue Royer-Collard, il devint ensuite, à peu près bœuf, puis tout à fait bœuf, puis excessivement bœuf; si bien que, semblable en cela à beaucoup de gens qui se font un panache de leur infortune, du jour où il abandonna Mme de l'Enclume à ses nombreux auxiliaires, il arbora le nom de Bovis.

Des puristes vont m'arrêter de cette objection : « Dans tous les cas, me diront-ils, M. de l'Enclume aurait dû s'appe'er Bos, et non Bovis qui est le génitif de Bos. »

Excusez-moi; par le génitif au lieu du nominatif, M. de l'Enclume a voulu reproduire la particule qui orne son nom patronymique et s'appeler non pas Bœuf, mais *de Bœuf*.

A jamais dégoûté des femmes, mais ayant la déception gaie et badine, il ne se contenta pas d'arborer de la manière la plus sérieuse le nom grotesque de Bovis, il acheta une jeune pie, et, l'ayant nommée Femina, comme je l'ai dit, il jugea d'autant plus cocasse de lui apprendre à débiter un tas d'ironies sur le compte des femmes.

Femina avait deux qualités : de la mémoire et le cri fort net. Elle eut vite fait des progrès considérables, dont Bovis la récompensait en la comblant de caresses d'abord, puis de friandises qui paraissaient à Femina infiniment plus substantielles que les caresses.

Tous les samedis, Bovis, qui était riche et bon vivant, traitait une douzaine de ses camarades dans son petit hôtel de la rue Rodier, où aucune femme n'avait jamais pénétré.

En face de son maître, Femina, grimpée sur un perchoir, tenait la place de l'amphitryonne, et elle égayait les convives des réflexions les plus drôles....

« *Bovis, Bovis, fidèles les femmes, fidèles au petit Bovis, bien fidèles.* »

« *Quelle loyauté !... Ah! oui... quelle loyauté !* »

« *Parlons-en de la vertu ! et de la pudeur, et de la pudeur !* »

« *Heureux en ménage, Bovis, adoré, doré, doré de sa Zélie... de sa charmante Zélie.* »

« *Oh! la, la... oh! la.., la, la! la bonne personne... pas vrai, Bovis, pas vrai ?* »

Nous ne saurions faire défiler tout le répertoire de Femina; nous n'avons d'autres prétentions que d'en citer des exemples.

Il faut reconnaître qu'elle débitait son petit chapelet d'un ton qui soulignait à merveille la secrète amertume de son maître.

Aussi, contrairement au sort commun des maris trompés, celui-ci avait-il tous les rieurs pour lui, tandis que Femina, acclamée de la table entière, obtenait un succès prodigieux dont elle s'apercevait parfaitement et où elle puisait une verve intarissable,

Bovis était fier de Femina et il ne s'en cachait nullement.

Parfois, en présence de ses amis, lui déployant alternativement chaque aile, il disait : — Femina me rappelle ma femme, par le bavardage, au moins... c'est comme qui dirait son tome second, mais singulièrement expurgé.

Il disait encore : — Quand ma femme sera morte, ce que je souhaite, qui voudra savoir combien elle était loquace n'aura qu'à écouter Femina, son écho flatté !...

Bovis avait eu la fantaisie bizarre de se faire préparer par un habile mégissier une peau de bœuf avec son armature de cornes, et régulièrement il s'en revêtait à la fin de ses petites agapes du samedi, disant : — Voyez, mes amis, celle-là est ma *vraie peau*. La peau humaine qui recouvre immédiatement ma chair n'est qu'une peau accidentelle dont la nature m'a affublé.

Quelquefois, ainsi revêtu de sa *vraie peau*, il inclinait la tête par un mouvement gracieux vers Femina, et Femina quittant son perchoir s'allait poser sur l'une de ses cornes, à la grande admiration des invités.

— Bovis, Bovis, s'écriait alors Femina, *fidèles les femmes, fidèles au petit Bovis, bien fidèles.*

II

LE PRINTEMPS PLUS FRAIS QU'UNE JEUNE FILLE.

Le printemps, poëte inspirateur des poëtes, s'empressait d'écrire sur tous les arbres ses strophes verdoyantes.

L'hôtel de la rue Rodier devenait lugubre .. Femina, prise de langueurs innommées, perdait l'appétit et, ce qu'il y a de plus étrange, même la parole.

Effrayé de voir sa compagne tomber peu à peu dans le marasme, Bovis trouva urgent de la faire changer d'air.

Il loua donc une petite villa sur le bord de la Seine, à Bougival, et il fut s'y installer avec Femina, sans oublier la peau de bœuf.

A travers un jardin tout rempli de plantes aux noms fantastiques que je vous citerais volontiers si j'avais seulement un dictionnaire de botanique sous la main, Femina prenait journellement ses ébats, sautillant d'allée en allée ou voletant de branche en branche, non point sans célébrer à sa façon narquoise le mérite des femmes.

Quant à Bovis, sa grande affaire était de haïr le sexe féminin. Mais il avait une haine assez originale.

Ayant remarqué ceci, que la coquetterie entraîne souvent les femmes à des actions répréhensibles, et que ces actions répréhensibles sont expiées tôt ou tard, tous les dimanches il s'accoudait à l'une des fenêtres de son habitation, et il jetait des bijoux, en faux, bien entendu, aux jeunes Parisiennes qui passaient par là, bras dessus bras dessous, avec leurs amoureux.

— Ah! ah! s'écriait-il cependant, engeance affreuse, vous voilà des bijoux. Puissiez-vous faire crever de jalousie celles qui apprendront que vous les avez eus en longeant ma maison de campagne; et puisse cette jalousie vous flatter au point que vous en creviez de plaisir.

Quelquefois sa générosité brutale suscitait la discorde entre la jeune femme qui voulait ramasser le bijou, quoiqu'il l'en eût presque lapidée, et son cavalier qui ne voulait pas qu'elle le ramassât.

Alors Bovis se frottait les mains.

— Bravo! disait-il, elle a ramassé le bijou, malgré lui... il va lui faire une scène, peut-être se séparer d'elle... et quand ils seront brouillés elle s'apercevra que le bijou est du toc...

Puis il fermait la fenêtre et rentrant chez lui il murmurait : — Je fais aux femmes tout le mal que je peux.

Au-dessus de sa porte, sur une plaque de marbre blanc qu'encadrait une guirlande de lierre, il avait fait graver en grosses lettres rouges : BOVIS MISOGYNE.

C'est-à-dire : Bovis qui hait les femmes.

III.

FEMINA DIGNE DE SON NOM.

Un après-midi que Bovis revenait de Paris où il était allé pour une affaire importante, Femina ne vint pas au-devant de lui dans le corridor, ainsi qu'elle y était habituée, en criant : — *Bovis, Bovis! mon petit Bovis!*

Anxieux, soupçonnant qu'il avait pu arriver quelque malheur à sa chère pie, il interrogea l'unique valet qu'il eût... Mais Zébédée (c'était le nom de ce valet) répondit qu'il n'avait point vu Femina depuis au moins trois heures.

— Et tu ne t'inquiètes pas plus que cela d'elle, gredin ?... Tu n'ignores pourtant pas combien je l'aime... Malheur à toi si elle est morte ou perdue... Tu n'auras plus à mes yeux que la valeur d'une femme, et tu sais...

— Mais, monsieur, dit Zébédée, ne vous pressez pas trop de gronder... Votre oiseau est peut-être dans quelque coin... Il faut chercher.

Ils fouillèrent donc les chambres, le grenier, la cave, le jardin... Pas l'ombre d'une Femina !

— Il serait tout de même possible, observa le domestique, qu'un chat l'eût mangé, votre oiseau, monsieur.

— Scélérat !

— Non, monsieur, non, c'est les chats, et non pas les rats... Comment voulez-vous qu'un rat ?... Après ça, on en voit qui sont de taille à......

— Je crois que le bourreau fait des calembours..... Ah ! une idée... si elle avait volé par dessus le mur et qu'elle fût dans le parc du voisin... Tu n'y as pas été voir, n'est-ce-pas ?

— Non monsieur, mais si monsieur me permet de lui faire une observation ?...

— Va, Zébédée, va ..

— Eh bien, l'oiseau de monsieur n'est pas capable de voler si haut...

— Qu'en sais-tu ?

— J'en suis bien certain...

— N'importe, vas-y de ma part.

— Comme monsieur voudra, mais ce sera déranger pour rien les gens d'à côté...

— Au fait, quels sont-ils ces gens ?... Les connais-tu, toi ?

— Je les ai aperçus quelquefois de la chambre de monsieur, qui se promenaient dans leur petit parc... Il y a une vieille dame, une jeune et un monsieur d'une bonne trentaine d'années.

— Comment s'appelle-t-il ce monsieur ?

— Je crois, monsieur, qu'on le nomme M. de la Larmalœil.

— Drôle de nom !... Tu n'as pas causé avec les domestiques?

— Monsieur m'avait défendu de voisiner.

— C'est vrai !... Eh bien, tu vas y aller, chez M. de la Larmalœil, et tu lui diras que tu viens de la part de M. Bovis afin de voir si par hasard Femina n'est point dans son enclos.

.... Ah ! Femina, volage Femina, murmura-t-il en levant les yeux au ciel, toi aussi tu irais chez les voisins de ton seigneur et maître, comme le ferait une simple femme, comme le faisait Zélie... Mais alors le nom que je t'ai donné te serait justement appliqué... Ah ! malheureuse !

IV

LA PEAU DE BŒUF.

— Réflexion faite, dit Bovis à son domestique, il vaut mieux que j'aille moi-même chez les Larmalœil.

— Je suis de votre avis, monsieur, répondit Zébédée. Cela vaudra infiniment mieux.

Puis il ajouta mentalement :

— Je préfère, mon bonhomme, que tu sois ridicule directement plutôt que si je l'étais pour ton compte.

— Où est ma peau de bœuf? interrogea Bovis.

— Mais toujours pendue à une patère dans le cabinet de toilette de Monsieur.

— Je le sais bien, imbécile ; seulement lorsque je te dis : — Où est ma peau de bœuf... c'est une manière de te dire : — Va la quérir, et promptement.

— Monsieur a besoin de sa peau de bœuf?

— Sans doute, puisque je te la demande.

— Monsieur est capable de vouloir l'endosser pour aller faire visite à monsieur de la Larmalœil ?

— Justement, mon ami.

— Ah ! monsieur!... Eh ! l'on va croire que vous êtes fou... Il ne manquait plus que cela, à présent.

— *Sic volo, sic jubeo*, mais tu ne comprends pas le latin, toi... Traduction : Je le veux, je le décide... N'est-il pas convenable que M. de

La Larmaleil voie tout de suite pourquoi je m'appelle Bovis? Il ne faut pas oublier que la peau de bœuf est mon uniforme à moi, et que cet uniforme indique précisément l'emploi que j'ai toujours tenu dans la société...

— C'est égal, monsieur, c'est égal...

Quand il eut épuisé toutes les observations sensées qu'un domestique peut se permettre à l'égard de son maître, la résolution de Bovis étant inébranlable, Zébédée dut céder.

Il alla chercher la peau de bœuf en poussant des soupirs retentissants, puis il l'accommoda sur les épaules et sur la tête de Bovis... Sous cette peau de bœuf, qui seyait à sa corpulence, Bovis n'avait pas trop vilain air... Elle était d'ailleurs si élégamment taillée qu'elle semblait l'avoir été d'après un dessin de Grévin... On eût dit, à l'en voir vêtu, un guerrier de je ne sais quels temps barbares....

Néanmoins Zébédée n'était guère touché de cette beauté sauvage.

— Hélas ! monsieur, disait-il, vous me faites de la peine... Aller, accoutré de la sorte, chez des gens que vous ne connaissez pas... Que vont-ils penser de vous ?

— Peu m'importe ce qu'ils penseront de moi!... C'est bien simple d'ailleurs... Ils penseront que je suis franc et que je ne ressemble pas à tant d'amateurs qui, aussi bœufs que moi, se donnent des airs de lions.

Là-dessus Bovis sortit de chez lui et sonna à la porte de M. de la Larmalœil.

V

PHÉNOMÈNE VIVANT.

En voyant cette espèce de bœuf, la servante de M. de la Larmálœil recula d'abord épouvantée, mais elle reconnut bientôt M. Bovis et elle se mit à rire aux éclats.

— Je viens, dit gravement Bovis, voir si Femina n'est pas chez vos maîtres...

— Femina ? dit la servante.

— Oui... ma pie.

— Ah ! votre pie... Oui, monsieur, elle est ici... dans le salon... avec ces dames... et monsieur s'amuse à la faire parler.

— Dieu soit loué! s'écria Bovis, ma chère Femina n'est ni morte, ni perdue...Veuillez, mademoiselle, annoncer à votre maître M. Bovis.

— Vous voulez entrer avec cette... demanda la servante, et le reste de sa phrase s'éteignit dans un éclat de rire.

— Parfaitement, puisque je l'ai prise exprès.

Alors la servante ouvrant la porte du salon, annonça M. Bovis, le propriétaire de la pie...

Au premier moment de stupeur succéda une hilarité très-grande de la part des deux femmes, tandis que le maître de la maison, lui, la figure tout à fait sérieuse et morne, se prit à pleurer à chaudes larmes.

Bovis, interloqué de ce contraste, ne savait comment se l'expliquer.

— Ah! ah! voilà qui est singulier, pensait-il!... Est-il possible que dans le même milieu de famille, la mère et la femme (car ce sont ici évidemment mesdames de la Larmalœil, mère et bru) aient le cœur si jovial, et que l'homme ait une douleur si profonde qu'au lieu de se dérider à mon aspect, il sanglotte de plus belle.

Dès qu'elle reconnut Bovis, Femina vola vers lui et se posant sur l'une de ses cornes, elle répétait: « *Heureux en ménage, Bovis, heureux en ménage.* »

Les dames de la Larmalœil se tordaient, étreintes par une gaîté convulsive.

Quant au monsieur, il semblait la proie d'une affliction aiguë. Ses pleurs coulaient de plus en plus abondants. Il en avait trempé un mouchoir, en avait inondé sa barbe, son jabot et jusqu'à une grande place du parquet.

Bovis, qui n'avait pu encore articuler un mot tellement l'un pleurait et les autres riaient, détacha sa peau de bœuf, la mit sous son bras... sans que la pie... notez bien ce point acrobatique... sans que la pie perchée sur l'une des cornes eût perdu l'équilibre, et s'approchant de M. de la Larmalœil, il lui dit:

— Monsieur, je ne saurais trop m'excuser de vous importuner alors que vous êtes plongé dans un chagrin si profond... certes, si j'eusse pu prévoir... j'aurais attendu pour venir chercher ma pie.

— Pas du tout, monsieur, pas du tout, répondit M. de la Larmalœil, qui s'efforçait de contenir ses sanglots, c'est qu'au contraire vous m'égayez joliment, allez ..

— Plaît-il?

— D'abord, votre pie qui se moque des femmes... ensuite, votre peau de bœuf... je la trouve très-drôle, savez-vous ? excessivement drôle...

A peine eut-il dit ces mots, M. de Larmalœil donna de nouveau tous les signes d'une douleur poignante.

Et ce fut au travers de hoquets lugubres qu'il dit à sa femme :

— Olympe, un autre mouchoir...

C'est un pauvre aliéné, pensa Bovis, puis se précipitant vers celle que Larmalœil venait de nommer Olympe, et qui s'éloignait déjà afin d'aller chercher le mouchoir demandé :

— Pardon, madame, lui dit-il, à demi-voix, monsieur votre mari n'a pas toute sa raison, n'est-ce pas ?

— Mon mari ! mais vraiment si, monsieur, et permettez-moi de vous le dire, il a plus sa raison que vous n'avez la vôtre, car il ne lui arriverait jamais de s'habiller en bœuf.

— Ah ! ah !...une épigramme ! reprit Bovis, vous vous imaginez donc que je me revêts ainsi par folie ; détrompez-vous, je me revêts ainsi par principes.

— Par principes ?

— Eh oui, madame ; mais j'en aurais trop long à vous raconter... Et M. de la Larmalœil attend son mouchoir.

Cependant en voyant sa femme causer presque mystérieusement avec cet être singulier qui venait chez les gens couvert d'une peau de bœuf, M. de la Larmalœil se calma, et s'étant levé de sa chaise, il invita M. Bovis à vouloir bien s'asseoir.

— A cette heure, monsieur, dit-il, nous pourrons causer, je l'espère. Vous me direz pourquoi vous venez chez moi sous une peau de bœuf, et, moi, de mon côté, je vous dirai pourquoi j'ai accueilli votre entrée par un accès de larmes.

Les dames s'étant éclipsées, Bovis et son hôte restèrent donc tête-à-tête. M. de la Larmalœil poursuivit :

— Quelque étrange que soit votre idée de vous affubler d'une peau de bœuf pour venir chercher votre pie, dans une maison dont vous ne connaissez pas les habitants, je ne vous demande, monsieur, aucune explication à cet égard, jusqu'à ce que je vous aie expliqué, moi, ce que signifient mes larmes. Sachez donc que je suis un phénomène des plus curieux, le seul de mon espèce, je puis le certifier.

La gaîté, au lieu de se manifester en moi par le rire, comme cela a lieu d'habitude, y prend toutes les marques de la désolation ; de sorte que, plus je suis gai, plus j'ai l'air désolé. Mon sourire à moi ;

c'est une larme qui perle au bord de la paupière ; mon rire modéré c'est des larmes qui coulent silencieusement sur mes joues ; mon rire fou, c'est des larmes qui tombent à flots et m'arrosent de la tête aux pieds.

— Mais alors, quand vous avez du chagrin, comment le témoignez-vous ?

— Eh ! parbleu ! en riant.

— Organisation bizarre, murmura Bovis.

— Très-bizarre, en effet, mais surtout malheureuse, fit M. de la Larmalœil.

— Ah ! par mes cornes ! je ne reviens pas de ce que vous me dites... Y a-t-il longtemps que vos sensations se traduisent ainsi à rebours ?

— Depuis mon enfance.

— Bah ! seraient-ce par hasard des Comprachicos qui vous auraient arrangé comme cela ?

— Qu'entendez-vous par Comprachicos ?

— Vous n'avez donc pas lu le premier volume de *l'Homme qui rit ?*

— Pas encore... Toujours est-il qu'il n'y a pas de Comprachicos dans mon affaire... Ma mère seule, la vieille dame que vous avez aperçue ici, est l'auteur responsable de ce renversement inouï de mes facultés.

Depuis que j'ai atteint l'âge d'homme, elle m'en a dit l'origine, qu'elle n'eût certes pas osé me faire connaître tant que j'étais enfant. Figurez-vous, monsieur, qu'à l'instant précis où elle m'a conçu, ma pauvre mère (j'en ignore par exemple le motif) fut prise d'un rire inextinguible et si violent qu'il dégénéra en pleurs.

Un fait tellement insolite devait avoir des conséquences... Ce fut le fruit de ma mère qui les porta. Entre ce rire et ces pleurs, il confondit, et la faculté de rire s'y imprima où il y avait lieu de pleurer ; la faculté de pleurer où il y avait lieu de rire. Il en résulta que dans les deux premières années de ma vie, à cet âge tendre où l'enfant ne peut encore rendre compte de ses sensations, mais où il les traduit seulement soit par le rire, soit par les larmes, ma mère fut très abusée, s'imaginant que je riais quand je pleurais, et réciproquement.

Avais-je des convulsions, ma mère disait :

— Voyez-vous comme mon fils se porte bien... Il rit sans cesse.

Au contraire, me faisait-on de ces minauderies qui d'ordinaire portent les bébés à rire... immédiatement une grimace plissait mes petites lèvres et de grosses larmes tombaient de mes yeux.—« Cet enfant souffre, disait ma mère. » — Et elle envoyait chercher le médecin, qui ne découvrait aucun mal, comme on pense. Un jour cependant, j'avais quatorze mois, ma nourrice...

Ici M. de la Larmalœil fut interrompu par Femina, qui disait :

— « *Adoré, doré, doré de sa Zélie, de sa charmante Zélie.* »

Quelques pleurs jaillirent des yeux de M. de la Larmalœil.

— Ne vous gênez pas, dit Bovis, maintenant je suis au fait... Il est entendu que vous riez... Ne vous gênez pas.

— Quelle est donc cette Zélie dont parle votre pie ? interrogea M. de la Larmalœil.

— Mon Dieu ! c'est ma femme....

— Et s'il faut en croire la pie, vous en êtes adoré, reprit M. de la Larmalœil.

— La pie se moque, monsieur,   je suis le mari le plus encornifistibulé de France... C'est même pourquoi je me fais appeler Bovis et me présente volontiers dans le monde couvert d'une peau de bœuf.

Les pleurs de M. de la Larmalœil, à cet aveu, reprirent leur cours.

— Je vous demande mille pardons, monsieur, fit M. de la Larmalœil, de m'égayer ici à vos dépens... Heureusement vous êtes le premier à en donner l'exemple aux autres.

— Parfaitement... mais quand Femina s'est permis de prendre la parole, vous en étiez à me parler de votre nourrice...

— Ah oui, je vous disais qu'un jour ma nourrice ayant laissé malencontreusement à ma portée un verre cassé, je promenai la main dessus et me fis plusieurs coupures profondes d'où le sang jaillit avec force. Ma mère, prévenue, manqua de s'évanouir à cet aspect... Mais quelle fut sa stupéfaction de voir que je riais en apparence du meilleur cœur... Elle commença de soupçonner que cela n'était pas naturel, et elle fut dès-lors sur la piste de la vérité. Elle ne la découvrit d'ailleurs pas avant que je fusse en état de parler et de dire jusqu'à quel point il y avait anomalie entre l'expression de mes sensations et ces sensations elles-mêmes... Ah ! je vous assure, monsieur, que cette menstruosité d'organisme est bien pénible pour moi et pour les miens... d'autant plus pénible qu'étant d'un caractère fort gai, je pleure à chaque minute et ne ris presque jamais Pour les étrangers, elle doit être absolument odieuse. Aussi ai-je pris mon parti de vivre loin du monde, entre ma femme et ma mère, qui, tout accoutumées qu'elles sont à ma gaité funèbre, ne laissent pas que d'en être à demi attristées.

Mais imaginez que j'aille au théâtre du Palais-Royal voir Geoffroy et l'Héritier dans *Gavaut et Minard* ; imaginez que j'assiste à un repas où la verve de quelque boute-en-train provoque l'hiralité générale, quel air piteux j'aurais ! Et que diraient mes voisins ! Ils penseraient comme vous, tout à l'heure, que je suis idiot.

Il y a cependant une sorte de distraction théâtrale que je puis me donner ; c'est d'assister à quelque drame épouvantable du boulevard, à l'un de ces ouvrages où le menu peuple larmoie, mais où il est convenu que les personnes du beau monde rient... Mon rire à moi équivalant aux pleurs des autres hommes, je ris ; et, riant — d'une part, je cède à ma sensibilité plébéienne ; de l'autre, je me trouve à l'unisson du beau monde.

Les oraisons funèbres me conviennent aussi à merveille par un motif opposé.

Tandis que je me gaudis de ce qu'on truffe le défunt des vertus les plus imaginaires, j'ai l'air parfaitement touché et sincèrement ému. J'édifie jusqu'au fossoyeur. Et le bon de la chose, c'est que je ne suis nullement hypocrite... c'est que je demeure fidèle à mon instinct...

— Ah ! monsieur de la Larmalœil, s'écria Bovis, il y a une circonstance dans laquelle une organisation comme la vôtre me semblerait bien précieuse... ce serait si j'apprenais tout à coup en public la mort de Zélie...

— De *Zélie... de la charmante Zélie*, répéta Femina.

— Je trouverais la nouvelle fort comique, reprit Bovis, et j'aurais de rire une grande démangeaison... Mais comment le pourrais-je sans blesser les convenances, tandis qu'avec votre façon diluvienne de rire... Ah ! comme je me soulagerais !

VI

LES DEUX FONT LA PAIRE.

Là-dessus Bovis se leva, reprit sa peau de bœuf (notez encore ce point acrobatique), sans que Femina eût bougé de dessus la corne où elle perchait, et tendant la main à M. de la Larmalœil, il lui dit :

— Cher monsieur de la Larmalœil, puisque Femina m'a procuré l'avantage de faire votre connaissance, j'espère que nous nous reverrons de temps à autre...

— Mais comment donc, s'écria M. de la Larmalœil en serrant avec une cordialité parfaite la main de Bovis. Un homme qui vit dans le commerce d'une pie et qui se couvre à l'occasion le corps d'une peau de bœuf ne peut être que très-agréable à voir.

— Pas autant sans doute, reprit modestement Bovis, qu'un homme qui pleure là où chacun rit et rit où chacun pleure.

— A bientôt, cher monsieur Bovis.

— A bientôt, cher monsieur de la Larmalœil.

Et tandis que la porte de la maison la Larmalœil se fermait derrière les talons de Bovis, Femina heureuse enfin de retrouver son chez elle, criait de sa voix la plus aiguë :

— *Oh ! la ! la !... oh ! la ! la ! la !*

SAINTE-PARESSE.